DÉJENME QUE LES CUENTE

CHEVICK GIRALDO

www.edicionesrubeo.com

www.mcharrel1.com
ISBN: 9798843884154

LOS AÑOS VIEJOS

Cuando Lucas Alighieri despertó asumió que el tiempo era una bola de cristal y que en ella él estaba. Miró a todos lados y vio a su madre tejiendo sus años viejos en el sillón dorado con vista al mar. Quiso recordar el sueño emocional que había tenido con su bella novia, pero se dio cuenta que ya no estaba en su memoria. Entonces sintió nostalgia y apretó sus lágrimas para que no salieran. Se miró al espejo y comprendió que también estaba tejiendo los años viejos igual que su madre.

LOS OJOS DEL BÚHO

El búho desde la ventana gris los miró cuando sus ropas empezaron a caer sobre la alfombra roja. Cuando los dedos largos de Joey le acariciaron su cuerpo Ruth Arguello sintió que su piel se dilató, también cuando sus ojos cambiaron de color. Abrió su boca para ayudar a su respiración mientras el buscaba en su cuerpo las lunas de placer que tanto había esperado. Hubo un espasmo y luego otros hasta que los dos se fundieron en los ojos del búho que no dejaba de mirarlos. Los sonidos guturales se hicieron grandes y en los ojos del búho llegaron a la luna del placer que tanto habían esperado.

UN VIAJE EMOCIONAL

José Bonilla la vio con su blusa transparente y su pelo suelto subirse al avión. Rápido se dio cuenta que era una mujer tan hermosa que le apostaría al sol sus sueños eróticos por el resto de su vida. Ella también lo vio y sus ojos cambiaron de color. Hizo sonar sus tacones hechos de colmillos de elefantes y todas las miradas libidinosas hicieron fuego en ella. Todos abrieron campo en sus asientos y hasta los perfumaron con el aliento de sus bocas. Cuando caminó derechito al asiento donde se encontraba José, algunos lo maldijeron por estar ahí, otros le gritaron con desesperación que les vendiera el secreto y ese don de conquistar a una mujer hermosa solo con el silencio y la mirada. Despacio se acomodó a su lado y en ese momento sintió que miles cosas andaban por su cuerpo, también en sus imaginarios. Ella lo miró rápido y en ese momento sus miradas se cruzaron. Entonces se preguntó si ella también sentía en su cuerpo caminar miles cosas y sí en sus imaginarios él estaba. Cruzó sus largas piernas y dejó entrever entre la corta falda parte de su ropa interior, y en su blusa transparente sus senos voluptuosos, redondos y rosados. José estaba sentado al lado de la ventanilla y con la mirada perdida en el espacio quiso encontrar un ángulo que le ayudara a controlar sus imaginarios, pero ya sus manos estaban sudándole, también en su cabeza sentía el tic-tac de un reloj emocional que lo quería llevar a otros lugares lejos de la tierra. Cuando la volvió a mirar se estrelló de nuevo con su mirada. Tenía los ojos brillantes y hasta llegó a pensar que en ellos se podría mirar por el resto de su vida. Ahora la vio con sus labios carnosos pintados y con un brillo especial en sus ojos, que le hizo recordar cuando teniendo tan solo trece años la vecina de la cuadra enrolló su lengua en su boca, y se la quiso tragar de un solo Jalón.

La mujer mientras lo miraba suspiró profundo y dejó resbalar su lengua sobre sus propios labios. Ahora también recordaba cuando un hombre mayor que ella la besó, y le arrancó de su boca la pasión dormida por tanto tiempo. Ahora se daba cuenta que era igual que el, solo que este hombre tenía las feromonas más alborotadas y los ojos brillantes igual que ella. Cuando los dos quisieron apartar sus miradas fue imposible, eran como redes invisibles que los iban transportando al lugar donde siempre qui- sieron estar en el momento en que se miraron. Así que siguieron mirándose a los ojos y dejando que este momento único no desapareciera por el resto del viaje.

EL SUEÑO DIFERENTE DE AGATHE

Una noche una estrella alumbró el sueño de Agathe. Antes de acostarse se miró en el espejo cóncavo que adornaba la mesa de noche y empezó a desnudarse. Se miró por largo rato, y algo recordó en ese momento que dejó escapar de sus labios rojos una sonrisa somera. A lo mejor era su propia inocencia de mujer joven cuando dejó entrar su primer hombre a su cuerpo y a su corazón; a lo mejor estaba pensando en su novio cuando le decía que se manejara bien para no enterrarla boca abajo cuando muriera, cosa que cuando tratara de salirse se enterrara más. Tomó algunas cartas que Federmann en noches de insomnio le escribía y se dio cuenta que la transportaba a lugares únicos fuera del mundo de las guerras y del calor de la tierra. Suspiró largo y apagó la luz. Pronto se filtró una luz tenue de la estrella por la rendija del techo. Esa luz fue creciendo y allí lo vio con los brazos abiertos. Cerró los Ojos y cuando los abrió estaban frente a un mar que tenía peces brillantes y mariposas amarillas. Los barcos eran casas flotantes donde la gente vivía sin temor a envejecer ni a morir, porque allí había una conexión directa con Dios. En uno de los barcos había un letrero que decía: "Bienvenidos al mundo de los sueños de amor". Dentro del barco las burbujas de pasión de sus cuerpos se dispararon, y sus cuerpos desnudos empezaron a flotar sobre una nube que aterrizó cuando sus orgasmos llegaron. Luego se miraron y se dieron cuenta que eran aves viajeras de un tiempo que les pertenecía a través de los sueños. Entonces le pidieron a Dios que los dejara soñar siempre en ese universo de amor hasta que las guerras en la tierra terminaran. Así que trancaron su conexión con la tierra y siguieron soñando en ese mundo maravilloso donde solo ellos eran los únicos habitantes.

ÉXTASIS LEJOS DE LA TIERRA

Cuando Reich le tomó sus manos y luego la miró profundamente como queriendo encontrar en esa mirada su inocencia, Mariel sabía que ya no la tenía. Quiso encontrar las palabras apropiadas para decirle, que una noche de invierno en altamar tomando vino Jerez un marinero con sus barbas crecidas le había dibujado el mar, también las estrellas llenas de pasión, y que en ese momento las lunas y los soles entraron a su cuerpo, cuando el marinero de barbas crecidas la transportó lejos de la tierra, donde las llamas de placer eran monumentos que ardían en sus pies y en su cabeza. Mariel sintió que globitos de placer salían de sus entrañas, mientras el con su cuerpo tembloso la besaba. Reich lo comprendió todo y con lágrimas en los ojos se alejó mordiéndose los labios sin decirle nada, por la misma calle donde había venido.

UN SUEÑO MÁS ALLÁ DEL SOL Y LA LUNA

Alguna vez le pregunté a María Angélica peña qué era lo que más le gustaba hacer, sin pensarlo me dijo: Dormir. Maravilloso, le dije. Entonces esa noche la busqué en mis sueños y la vi que caminaba en una espesa nieve que caía en forma horizontal sobre la calle. Yo estaba en la ventana cuando pasó. Llevaba un abrigo blanco y unas botas de peluche que la hacía ver diferente a todas las mujeres de la vecindad. Caminó rápido hasta llegar a la esquina y allí sobre un montículo de nieve se sentó. No pude saber si estaba triste, o si estaba llena de otras razones que yo no entendía para caminar la calle a las doce de la noche. La nieve empezó a caer tan fuerte que me impidió seguirla viendo. Entonces sentí una sensación de soledad, a lo mejor de miedo por el solo hecho de pensar que no la volvería a ver. Cuando guise correr mis pies se enredaron en esos miedos que eran como cadenas que ataban mis pasos a la tierra, donde los espacios eran limitados, y me reducían solo seguir mirando al lugar donde por última vez la había visto. La llamé hasta perder el último aire en los pulmones, pero solo seguí escuchando el ruido que producía la nieve sobre el piso y en mi cuerpo frio y helado. La nieve fue creciendo y empezó a cubrir las casas de una escarcha de hielo, también el poste de la esquina donde el farol con sus luces de mercurio alumbró sus ojos negros y su menuda cara de mujer feliz, de mujer diferente a las demás. Sobre la nieve que caía apareció una luz, era transparente, era álgida y tendía un puente en dirección a la esquina. Sobre ese puente lleno de emociones caminé despacio, con la última imagen que rescaté de ella antes que el miedo y el temor se comiera parte de mí. Cuando miré atrás ya no vi la calle, estaba completamente a la altura de las casas, también de la ventana cuando salté y corrí detrás de ella. Ahora me preguntaba, qué sería de mi si no la volvía a ver, a lo mejor ya no volvería asomarme a los sueños por temor de no encontrarla. Entonces vino mil culpas y reproches, miles andamios de palabras amarradas nunca dichas que ahora quería decirle. Soy un hipócrita por no haberle dicho con palabras sueltas que quería viajar en canoas de vientos a lejanas tierras donde solo existiríamos ella y yo. Por qué no le dije, que una noche mientras el sol enamoraba la luna y el mundo dormía soñé, que los dos viajábamos en un barco cubierto de estrellas, y que en cada estrella había otros soles que alumbraban los sueños hasta que los dos despertáramos? La luz se hizo grande y ahora corría. Los soles de los sueños también alumbraron y la pude ver en la esquina debajo de la luz del poste tejiendo la espera de mis abrazos y mis besos. La miré por un largo rato como queriendo adivinar sus palabras y luego me dijo: Lo que más me gusta es dormir, pero jamás pensé que espiara mis sueños.

UN DÍA DIFERENTE

Era una tarde con los colores más hermosos que María Angélica Peña había visto en su vida. Un rayo color celestial atravesaba el cielo seguido de una franja amarilla que rodeaba el sol. En el otro extremo del cielo una estrella incrustada en el espacio traspasaba sus colores a otras dimensiones que ella figuró era otro mundo, donde a lo mejor otros soñaban en el suyo. Miró el río que atravesaba el pueblo, y allí vio el rayo de color celestial que atravesaba el cielo y la franja amarilla que rodeaba el sol. Sus ojos cambiaron de color y una sensación indescriptible se apoderó de ella. En la otra orilla vio el arcoíris que se inclinaba a beberse el agua y una mariposa en el aire aparearse. Se desnudó despacio y subió al árbol que frecuentaba cuando quería liberarse de la pesadez de la tierra, y de los amores que en el pasado se le habían comido los sueños. Abrió los brazos y cerró los ojos. En el aire sintió que era libre, que era a lo mejor esa mariposa que se sostenía en el aire haciendo el amor. Escuchó el ruido estridente de los grillos antes de caer al agua, también la voz de su madre diciéndole que se imaginara ser luz de soles y de lunas para que lograra el sueño de ser libre para siempre. El agua produjo un ruido seco cuando llegó. El búho que estaba en el árbol aleteó y voló por un momento y clavó los ojos grandes donde todavía las aguas hacían un remolino. Regresó al árbol cuando la vio que buscaba en la luz del sol y de la luna su inocencia cuando perdió su virginidad en una noche cuando se le calentó los pies. No obstante, antes de salir del agua miró el búho, las luces del sol y la cola de colores que le alumbraban su desnudes, también el arcoíris que ahora parecía majestuoso; era como un rey que se había quitado sus investiduras para estar ahí delante de sus ojos invitándola olvidar el pasado de amores banales, de amores fuera de realidades y de tiempos. Sobre todas las cosas de este día se vistió con la misma ligereza. Alzó los brazos al cielo por un largo rato con los ojos cerrados y le dio gracias a Dios por ser hoy un día diferente.

LA VENTANA TRANSVERSAL

La alcoba estaba oscura y por la ventana transversal se filtró una luz. Didumarxyi Giraldo la miró y la dejó crecer en sus ojos hasta el punto que la sintió en ella. En posición fetal la siguió mirando y vino un corto sueño. Estaba en el mar dentro de un castillo de arena. Ella podía sentir las olas morir en la playa y otras cuando se alejaban llevarla al lugar donde había nacido. Era un pueblo lleno de vientos y guitarras donde la gente convivía con sus propios sueños, también con aquellos que tenían el privilegio de haber nacido en ese pueblo. No supo a qué horas creció ni tampoco a qué horas empezó a soñar, en ese mundo mágico donde al despertar podía sentir las lunas y los soles entrando por la rendija de la ventana transversal.

CORAZÓN DE SUEÑOS

No había pasado una semana desde la última vez, que Ximenex Giraldo soñó que el mundo era un mar lleno de espumas blancas donde los barcos viajaban custodiados por peces brillantes, y por aves que le cantaban al amor y a la paz. Ahora, había soñado que en ese mismo mar había escaleras que iban al cielo, también que los árboles eran casitas rodantes donde la gente soñaba sin temor a las encrucijadas de los malos tiempos. Ese día se montó en el barco más grande y allí echó todos los recuerdos vividos desde que tenía uso de razón. Se acostó en la proa con los ojos abiertos mirando el cielo. De allí vino una música de gaitas y acordeones que la hizo llorar de felicidad. Sintió que su cuerpo era transportado a un lugar blanco donde se desgranaba una lluvia cálida y alrededor giraba un sol. Dentro había pequeñas estrellas que figuró eran los años vividos. Buscó uno cuando tenía apenas siete añitos. Tenía un vestido rosado y en su cabeza una trenza prensada con alfileres brillantes que le había dado la abuela Rosana Narváez para que pegara ficheros en la escuela. Se miró al espejo una y otra vez, dio tres pasos y luego saltó a un pequeño tablado que su mami Darcy había construido para ejercitar la panza con el temor de perder a su novio Eduardo. Al frente imaginó los aplausos y al jurado declararla como la reina de todos los tiempos. Siguió mirando las estrellas y buscó la que tenía una cola larga que llegaba hasta la tierra. Cuando llegó se dio cuenta estaba en el barco, miró a todos lados y se dio cuenta que nunca había dejado de soñar. Entonces sonrió, se acomodó, hizo trinchera, cerró los ojos y se embarcó en el siguiente sueño rumbo a las estrellas, a ese mundo fantástico donde solo sueñan los que tienen corazón de sueños.

EL PÁJARO DE OJOS TRISTES

Querida madre le dije, hoy he visto el pájaro asomarse a mi ventana. Me quedó mirando con los ojos tristes queriendo decirme algo. Comprendí su dolor cuando me miré al espejo, también estaba solo y con un montón de sentimientos que caminaban por todas partes. Volví a la ventana y el pájaro ya no estaba, entonces me sentí más solo. Me arropé pies a cabeza queriendo encontrar las respuestas del por qué de mi tristeza, pero no la hallé. Caminé entonces las calles frías de este pueblo hasta llegar a un río donde las espumas eran blancas, y el arcoíris con sus luces de colores se elevaban hacia el cielo. Esas luces luego en la distancia formaron pequeños soles que alumbraron todo el firmamento. Por un momento pensé que eran reales, pero luego fueron desapareciendo hasta formar una nube negra que se fue comiendo las espumas del río. Quise encontrar refugio en un castillo de sueños cuando era niño donde no había siervos ni esclavos, donde yo era el único rey con pies descalzo con coronas en mi cabeza llenas de amor y felicidad. Mi tristeza se ahondó cuando me di cuenta que ese sueño ya no estaba, lo busqué pero le eche culpa a mi memoria. De camino a casa las calles estaban vacías y los faroles en las esquinas seguían consumiendo el frio hasta crear escarchar de nieve en sus alrededores. Cuando llegué a casa el pájaro estaba ahí en la ventana. Me alegré verle con sus plumajes verdes y los ojos brillantes de alegría. Entonces me adentró en la profundidad de sus alegrías y allí comprendí que la razón de mi tristeza era por no estar a tu lado, querida madre.

MARIPOSAS AMARILLAS

Al frente estaba el río y el puente; las aguas llevaban espumas blancas y sobre esas espumas viajaban barquitos de papel que Luz Marina Garay asumió llegarían al mar. Alrededor de los barquitos había globitos de colores, también mariposas amarillas que volaban sosteniendo la brisa del río, también un sueño cuando era niña. Talvez tendría siete años cuando en su sueño una mariposa se plantó sobre la baranda de la ventana. Dejó la muñeca de peluche con adornos cristalinos en sus bordes y corrió hacia ella. La mariposa abrió sus alas y en ese momento cerró sus ojos para sentirse mariposa. La mariposa le dijo, que su mundo sería brillante y lleno de colores cuando fuera grande, y que más allá del mundo terrenal había un mundo espiritual donde los sueños serian casinos con árboles llenos de alegrías, y que cada paso que diera por esos casinos iría dejando las semillas para que otros cosecharan un mundo lleno de amor y de esperanzas. Ella le preguntó si después de hoy volvería a soñar sobre ese mundo maravilloso y lleno de colores.

Sí, le dijo, sobre un puente soñará con barquitos de papel que viajarán al mar, y en esos barquitos irán globitos, también mariposas amarillas que te llevarán al mundo espiritual. Miró por un momento el cielo y tenía un color especial cuando la mariposa voló a su propio mundo, al mundo feliz y espiritual que tanto le hablaba. Se sintió triste pero de inmediato recordó que cuando fuera grande soñaría ese mismo sueño. Se acomodó en su cama de colores y le dijo a la muñeca palabras de niña que solo los Ángeles le escucharon. Esa noche no durmió; al otro día le escribió en cuartillas a los Ángeles, también a la mariposa de sus sueños, que le diera alas de vientos cuando tuviera que volar, pies de espumas cuando el río estuviera seco, corazón grande cuando tuviera que perdonar, ojos brillantes cuando la noche estuviera oscura, y sueños de amor para amar.

Hoy, de pie sobre las barandas de este puente que lleva sus aguas hacia el mar, no sabe si es un sueño de mariposas amarillas, de barquitos de papel y de globos, o es la realidad de la que tanto le habló la mariposa de su mundo espiritual.

BARCOS DE SUEÑOS

Lunita como le llaman sus más queridos amigos y familia, una noche sonó en un mundo lleno de colores y de globos. En uno de ellos se subió. Le preguntó al globo si podía pedir al hombre que la haría feliz. El globo le dijo que sí, pero que cerrara los ojos. Los cerró lentamente y viajó al lugar donde había nacido. Su pueblo era chico pero en los carnavales nadie comprendía de a dónde salía tanta gente. Allí estaba el hombre del cual siempre imaginó y soñó. Tenía los labios pronunciados, de cabello rizado y de ojos negros. Hubieron pocas palabras, fue un diálogo de esos que caminan de la mano a primera vista. Ella nunca le había apostado al amor pero su corazón empezó a caminar tan rápido que pronto le salieron alas. Algunas veces se sintió inmortal cuando la gente le miraba a su lado. El tiempo ya no le llenó de incertidumbres porque siempre estaba a su lado mirándole los ojos, y dejándose abrazar en noches eternas cuando hacían el amor. En esos encuentros habían barcos cargados de piel y besos y miradas que desnudaban sus cuerpos más allá de la tierra y el mar, más allá donde los sueños forman canoas de pasiones hasta llegar al infinito. Una noche mientras la luna enamoraba el sol se despertó y ya no lo sintió a su lado. Hubieron palabras reclamantes y lágrimas pero él no respondió a su dolor. Caminó las calles apretadas de la gran ciudad y allí había soledad. Miró el cielo por un largo rato queriendo encontrar respuestas, pero allí tampoco nadie le respondió. Cuando llegó a su casa se acostó boca arriba mirando el techo y quiso pensar que esto no era más que un sueño. Entonces cerró los Ojos para soñar de nuevo pero ya no lo encontró. Esto era una realidad lejos de ser un sueño. Dio un salto de su cama y abrió la ventana. Escuchó los grillos cantar sus melodías tristes y abrazarse entre sí buscando aliviar sus penas. Los miró por un largo rato hasta que les preguntó por qué estaban tristes. Ellos siguieron cantando hasta hacerle comprender que nada es eterno, que en el camino hay barreras y muros grandes que no nos dejan leer los ojos de quien amamos, tampoco el corazón, pero que hay que continuar el camino hasta encontrar el verdadero mundo de colores y de globos, donde al despertar no nos encontremos solos.

EL NO REGRESO

Sobre la alfombra roja estaba Anastasia con los ojos encendidos de deseos. Pavel la miró de soslayo y se dio cuenta que ya no podía seguir ocultando su mirada. La luna se asomó por la ventana y por una puerta los dos viajaron a ese mundo fantástico sin fronteras llenas de luces y colores. Cuando regresaron el sol ahora estaba en su ventana y de nuevo emprendieron ese largo viaje sin voluntad de regresar a la tierra.

UN SUEÑO DE AMOR ESPERADO

Era primavera, así que muy temprano Yolanda caminó al lugar más alto de la ciudad para estar más cerca de las estrellas. Se acostó y cerró los ojos, cuando los abrió se dio cuenta que en la estrella más lejana alguien le miraba. Vino una luz y en esa luz alcanzó el sueño de amor esperado.

SOLO UN SUEÑO

Anton Peskov llegó al mar y allí construyó un castillo de arena y en posición fetal se acostó con los ojos cerrados. La recordó, la deseó hasta sentirla a su lado. Cuando abrió los ojos se dio cuenta que este no era más que un sueño de esos que se le pegaban en los huesos cuando estaba triste.

EL BARCO

Cuando llegó el invierno, Dolis Giraldo esperó el barco. Faltando un día se vistió de blanco y perfumó su abrigo. Se miró al espejo y se pintó los labios. Sus ojos estaban brillantes de alegría, tanto que sintió mariposítas por todo el cuerpo. En la distancia escuchó el barco. Dio un salto y corrió al muelle. En la distancia lo vio. Traía la barba crecida y en sus manos blancas un ramo de flores. Los tambores replicaron y los acordeones llenaron los espacios. Se miraron, luego se abrazaron y en ese abrazo los dos viajaron a ese mundo mágico fuera del mundo terrenal donde las palabras sobran, porque está lleno de amor y paz.

NOSTALGIA

Cuando volví a ver a Yadira Rosas después de tanto huir del conflicto armado en Colombia, estaba desnuda flotando sobre las espumas blancas del río que divide al pueblo entre ricos y pobres. Tenía los ojos tristes y la piel ceniza por la muerte. Apreté mis lágrimas y mi voz, también mis pasos para no morir igual que ella.

ENTRE LÍNEAS

Tal vez una de las pocas cosas que no había dejado de hacer esta mujer de estatura mediana, era dejarse de mirar al espejo. Hoy Arahí madrugó más de lo normal. Dio un salto de la cama y corrió al baño donde tenía un espejo que cubría todo el lugar. Estaba desnuda. Lo primero que hizo fue abrirse de piernas y buscar su virginidad. La buscó y no la encontró. Miró la mesa de noche y se dio cuenta que había bebido la noche anterior. Entonces recordó que no era la primera vez que buscaba su virginidad en ese estado de ebriedad, lo estaba haciendo desde el primer día que Isauro Andrade entró por la ventana y muy calladito sin que sus vecinos se dieran cuenta se acomodó despacito en su cama. Ella no tuvo necesidad de buscar sus ojos porque los tenía brillantes de emoción como jamás lo había visto. Desde ese día hasta hoy seguía tirando escupitajo en el suelo, no con rabia sino con nostalgia porque siempre lo seguía esperando en el mismo lugar desnuda, cuando el gallo de la vecina cantaba sin falta alguna a las doce de la noche. Habían pasado treinta años y sin explicación alguna lo seguía esperando. Un día el gallo no cantó, y esa noche se había vestido de caperucita roja para que el lobo se le comiera hasta los huesos. Cuando se despertó se sintió triste, muy triste, no estaba el, las sábanas no tenían el color grisáceo de los orgasmos, tampoco su pubis rojo por las estampidas de su miembro grande. Entonces de un salto llegó hasta el baño. Se dio cuenta que tenía la mirada perdida y su boca reseca cuando de frente se miró al espejo. Empezó a desenredar su pelo tieso por el alcohol y la saliva derretida por sus malos sueños hasta que el cansancio la agotó. Se acurrucó por un largo rato y lloró tanto que pensó masticar lo vivido por estos largos años de soledad y miedo, pero desechó la idea cuando de nuevo buscó su virginidad. Algo dijo con su lengua llena de saliva que luego no pudo recordar. Cerró los puños y en un acto dislocado rompió el espejo en mil pedazos. Luego lo buscó para insultarlo, no lo halló, tampoco el cuadro en bajo relieve donde aparecía con su pene amenazante y con la boca llena de palabras que tampoco ahora recordó. Caminó despacio a la bañera llena de espumas y allí Junto a las espumas esa misma noche murió.

MURMULLOS

Carlos Oliveros tenía la mirada puesta en la calle cuando escuchó un grito. Entonces corrió en dirección a la gente. Le preguntó al primero que encontró por qué huía, no lo sabía. Estó le preguntó al otro tampoco lo sabía. El último dijo que por un grito en la calle.

MÁS ALLÁ DE UN MAL SUEÑO

A Fabio Castellanos le costó trabajo estirar la mano para alcanzar el teléfono que estaba pegado a su nochero. Sintió su mano derecha tan pesada, tan pesada que necesitó de su mano izquierda ayuda para levantar el auricular. Cuando lo logró sintió un alivio somero; puso el auricular en el oído izquierdo y al otro lado la vos le dijo: "Soy un fantasma y vengo de otro mundo por ti". Entonces se miró al espejo y se vio pálido, tan pálido que llegó a pensar que de verdad estaba muerto. Quiso huir pero sus pies estaban enredados de miedos y se quedó en el mismo lugar mirando el espejo. Se buscó, y ya no se encontró. Ese no era él. Lo quedó mirando por un corto tiempo y realmente no era de este mundo. Eres un hijo de puta, le dijo olvidándose de sus buenos modales religiosos, pero no le respondió.

¿Por qué vienes por mí? Hubo una risa que se fue envolviendo en el lugar, también en su cerebro. ¿Cómo romper el espejo? Se preguntó así mismo debido a su invalides emocional.

¿De qué sirve si yo estoy en tu cerebro? Le respondió sin tregua.

¿Qué hacer? Se preguntó de nuevo para sí. Despacio cerró los ojos y se dio cuenta que todo estaba en él. Entonces asumió que este no era más que un sueño, de esos que se sueñan cuando el mar está solo, o cuando los fantasmas luchan su razón de ser.

LOS RIELES DEL TREN

Desde que el tren partió aquella mañana gris no he dejado de escribir cartas de amor para ti. Desde la ventana de mi habitación hoy de nuevo veo la estación con sus muros largos y el tren con su chimenea de humo negro cubrir el edificio. No sé por qué hoy tengo la sensación que pronto regresaras en ese tren con los ojos perfumados de alegría, y con la boca abierta llenas de palabras para quedarte para siempre en este pueblo. Una noche soñé que venias en el tren desnuda asomada a la ventana con un pañuelo blanco; traías el cabello suelto y con los brazos abiertos gritando mi nombre. Era media noche cuando escuché el tren doblar la esquina y deslizarse silencioso sobre los helados rieles. Desnudo corrí por las calles solitarias de mi pueblo hasta llegar a la estación. Con los ojos pegados por el trio y con los brazos abiertos me pare en la mitad del riel. Esperé un momento hasta que comprendí que este no era más que un sueño de esos que sueño cada vez que recuerdo el día que te fuiste para nunca más volver.

NAUFRAGIO

Awin Lassen tuvo tiempo de pensar en el pasado. Corrió al mar, el barco estaba ahí. Suspiró profundo. Se acomodó la bufanda que le había regalado ella en una noche helada mientras con- taban las estrellas. Se arremangó el pantalón gris que había dejado de usar desde que soñó, que el mundo era una bola de cristal donde todos estaban menos él. De su billetera sacó una foto, la besó y suspiró profundo. Sus ojos ahora estaban brillantes como la luna, tenían la expresión del sol cuando los primeros rayos se pegan a la tierra, a lo mejor igual al primer vuelo de la mariposa cuando deja de ser gusano. Cualquiera diría que era un ser de otro mundo que estaba ahí para transformar la tierra en semillas de paz y amor. Sin bajar los brazos subió al barco, se sentó en la proa. Al mirar adentro vio dos cuerpos desnudos sobre una alfombra roja. Sí, era ella, entonces bajó los brazos y se dejó caer al mar. Un silencio imperó en la luna, también en el mar. Cuentan que jamás salió, a lo mejor ya todo estaba escrito menos en los sueños de él.

LOS CAMINOS DE PLANADAS

Cuando le hablé a Didumarxyi, mi hija, acerca de viajar a conocer nuestra geografía colombiana, lo primero que me dijo: Sí, pero vamos a caminar por los casinos de Planadas Tolima. Le preguntó enseguida mirándole a los ojos azabaches: ¿Por qué por los casinos de Planadas? Ella guardó con mutismo la respuesta por unos segundos y luego me dijo clavándome sus ojos negros: Porque allí se tejen leyendas de amor más allá de la luna y el cielo.

¿Y cómo lo sabe?

Lo he soñado en los momentos en que mi corazón son pétalos de una flor en la cresta de una ola, y mis pensamientos espumas viajeras que anhelosas duermen en los casinos de ese pueblo.

Ella escogió el traje por ser día de sus cumpleaños. Estaba feliz, tanto que armó una corona de flores en su cabeza y bailó descalza un vals imaginario que nos hizo creer que también lo escuchábamos. Salimos de Bogotá con el trio quemándonos los huesos y el humo de los carros haciendo fiesta en los pulmones.

Mi Hija Linda Evelyn no estaba en los presupuestos del viaje, pero a última instancia hizo pataletas y la incluimos en el grupo. Nos dijo que también había soñado con los casinos de Planadas.

¿Y qué soñaste mi amor?, le pregunte con cierta inquietud.

Que en los casinos de Planadas vuelan mariposas con alas tan grandes que invitan a dormir sobre sus alas.

¿Y cuándo lo soñaste?

Le preguntó Didumarxyi como queriendo adivinar el sueño. Se acomodó en el asiento y abrió la ventana del bus. En ese momento sus ojos cambiaron. Todos podríamos jurar ahora, que tenía el color del río que dividía el camino de herraduras que conducía a la finca, y la carretera que llegaba hasta el pueblo.

Fue una noche que una mariposa blanca se apostó en la ventana de mi habitación, empezó diciendo. Con sus alas me llevó por un camino de herraduras donde los pájaros no detenían sus vuelos. Todos volaban alrededor de una estrella que tenía los pasos pintados de los habitantes de ese camino. En el centro de esos pasos había semillas que iban creciendo hasta formar árboles. Busqué los pasos de ustedes y los míos y no los encontré. Entonces le pregunte a la mariposa el por qué, y ella me dijo que ese camino nos estaba esperando, que no tardáramos mucho antes que los vientos cambiaran de dirección. Entonces le dije que sí, que pronto estaríamos caminando por esos caminos llenos de amor y de alegría. La mariposa voló a los cielos y yo desde ese día estaba esperando este momento.

Bueno, le dijo Didumarxyi, tu sueño se ha hecho realidad.

El viaje estuvo cargado de polvo y olor a chicha de algunos que bebían celebrando los cumpleaños de mi hija. Cuando llegamos a Bruselas, un puerto donde los sobrevivientes se creían seres de otros mundos por haber sobrevivido a la malaria, y a la peste de la pobreza generada por los gobiernos de turnos, estaba mi hermano Chucho con las bestias listas para emprender el camino a la finca. El camino era de herradura y a lado y lado había letreros pintados en los árboles que decía: "Bienvenidos a los casinos del amor y la esperanza"

Lo primero que hizo Linda y Didumarxyi al poner sus pies sobre el camino de Planadas, fue regar unas extrañas semillas sobre el camino, que adujo pronto crecerían y formarían enramadas de árboles hasta cubrir el cielo.

Didumarxy no daba crédito a lo que veía. Una nieve se estacionó al frente de nosotros y sobre ella tres de las mariposas más grandes.

¡Es mi sueño, es mi sueño! dijo Linda saltando en un solo pie.

¿Ven las letras grandes por debajo de sus alas?

Sí, gritamos todos al mismo tiempo.

Ahí están las leyendas de amor más allá de la luna y el sol, puntualizó Didumarxyi, abrazándonos con ese amor infinito que siempre nos ha demostrado a lo largo de nuestras vidas.

¿Por qué no nos mudamos a vivir en los casinos de Planadas? Me dijo Linda.

Sí, mi pequeña, armemos la carpa le dije;

desde hoy vamos a vivir en los casinos de Planadas.

Eres una nota papi, me dijo, así tenemos tiempo de leer las leyendas de amor en las alas de lo que nos habla Didumarxyi. Los tres nos abrazamos, esperando seguir soñando por siempre en los casinos de Planadas.

MARAVILLOSO SUEÑO

Víctor Castaño Mejía miró el barco donde había soñado la noche anterior, que el mundo era una bola de espuma donde todos vivían y soñaban el mismo sueño. En ese sueño iban montados en caballos blancos corriendo a un mar donde había un barco. Todos se subieron al barco. Allí cada uno se acostó bocarriba hasta cuando una estrella gigante armó escaleras. Todos subieron a la estrella. Cuando quisieron recordar lo vivido allá en la tierra se dieron cuenta que eran niños, no tenían pasado, tampoco nombres. Entonces esperaron ser grandes y cada uno de ellos eligió su nombre, también sus sueños. Este hombre una noche soñó que tenía alas, eran grandes y en ellas había felicidad, esperanza y amor. Entonces pensó que era el momento de regresar a la tierra y compartir con ellos parte de su sueño. Cuando despertó es- taba en el barco, solo y sin alas. Entonces asumió que la vida era una escalera de momentos, y que a el le había tocado soñar este maravilloso sueño para seguir soñando en ese mundo de espumas para olvidar el mundo de las guerras.

REMEMBRANZAS

Ayer cuando caminé los pasos de mi pasado sentí nostalgias; allí no estaban algunos de mis amigos que en épocas de carnaval de negros y blancos contábamos los pasos cuando caminábamos y bailábamos en medio del jolgorio. Recuerdo que inflábamos globos en medio de tambores y de labios pintados de alegrías, mientras cogidos de las manos hacíamos ruedos que crecían hasta creernos inmortales, seres de otros mundos. Algunos de ellos llevaban pintados los pies, sus caras y sus manos para ser indiferentes mientras vivieran. Yo en algunos de esos jolgorios caminaba y bailaba descalzo para que el polvo de las calles penetrara en mi cuerpo, y mi memoria no muriera cuando no estuviera en esta tierra. Han pasado algunos años y en mi memoria existen alegorías de esos carnavales que me resisto a enterrarlos a pesar que ellos no están: José Andrade, Carlos castillo; mis hermanos Evelio Giraldo, Bolívar, Cristóbal y Hugo. Quedan algunos de mis amigos que se han negado a irse a pesar que algunos vientos foráneos han querido llevárselos: José Bonilla, José Honorato Garzón, Fernando Acosta, Henry Bonilla, Elkin, Pablo Nausa, Oliverio Soto, Carlos Oliveros y otros más que en las páginas de mis memorias se harían largas.

La calle de jolgorio sigue abierta; allí hay tambores que nos siguen esperando para llevarnos al mar, muy cerca donde por última vez pudimos ver los ojos de nuestros amigos que ya no podemos velos, pero que nos siguen iluminando los caminos mientras sigamos negando despegar los pies de la tierra.

SUEÑO RECURRENTE

La mujer se detuvo cuando recordó lo que le dijo la voz: "Hay un puente no muy lejos de aquí que te llevará lejos de los malos sueños". Adelante vio el puente y sobre el puente una mariposa gigante de colores que mantenía un vuelo bajo sin cruzar el río. La mariposa se acercó y tendió sus alas, al tiempo que del río salió una luz que se posó al otro lado del puente. La mujer miró atrás y vio una nube que envuelta en polvo levantaba los pasos donde había caminado. Volvió a escuchar la voz y comprendió que era el momento de ser libre para siempre. Ahora la luz del otro lado del puente se hizo grande, y allí vio los ojos de su madre que le indicaba el camino del viaje de la mariposa. No había otro camino, pero algo la quería sujetar al sufrimiento. Miró el río y por un momento le pareció que viajaba en un barco pequeño donde había una música que la transportaba a aquel mal sueño. Si, allí estaba el sueño. Era una sombra que la intimidaba y la quería hacer suya. La sombra era fría y tenía cuerpo amorfo. También decía palabras que no entendía. Del camarote del barco saltó y debajo de el la sintió llegar; la sintió respirar profundo, también danzar con la música que siempre la llevaba al sueño. Entonces pensó que estaba celebrando su muerte. Se sintió triste muy triste. Ahora amontonó su cuerpo sobre la pared esquivando sus manos pero ya la pared no le alcanzó. Pensó en su madre, también en el jardín donde llegaba la mariposa de colores con quien hablaba todas las mañanas antes de ir a la escuela. Pero eran pensamientos fugaces que llegaban y desaparecían con la misma velocidad con que llegaban. Quiso llorar pero no habían lágrimas, sus ojos estaban secos por el miedo, emocionalmente ya se sentía fuera de lugar. Imaginó entonces verse muerta con los ojos abiertos y las manos cerradas, los huesos rígidos y la piel ceniza, y la sombra con las manos arriba danzando su muerte. Su madre estaría ahí con la mariposa llorando su partida sin poder hacer nada. ¿Quién regaría el jardín? Él moriría también, y la calle donde había nacido sería olvido que ya nadie a lo mejor recordaría. Dejó de imaginar ese mundo trío y sepulcral cuando la sombra la abrazó y le habló al oído palabras que de nuevo no entendió. Cuando la sacó fuera del barco vio el mar, estaba rojo, a lo mejor estaba amenazado de muerte igual que ella. Miró el cielo buscando ayuda pero allí no encontró a nadie; entonces supo que hoy era su último día. Cuando la sombra le cubrió los ojos y sintió que le faltaba la respiración pegó un grito. Miró las paredes de su alcoba y allí estaba su madre diciéndole que no era más que un mal sueño recurrente.

Con las manos ahora extendidas dio el primer paso. La mariposa la miró con alegría; los ojos de su madre también. Volvió a escuchar la mú- sica pero se negó a mirar el río. Miró los árboles y allí había nieve, sobre esa nieve un pájaro la miraba con ansiedad; miró el cielo y allí la luz del camino estaba abierta, era grande, tenía su nombre. Entonces sin perder tiempo supo que era su tiempo. Saltó en sus alas mientras el pájaro y su madre celebraban su partida, y el adiós del mal sueño recurrente.

SUEÑO DE LUZ

Cuando caminé la calle en un sueño lejos de las guerras y los odios dije: Este es el mundo que yo quiero vivir. Era una calle donde los Ojos de sus habitantes tenían una luz especial: eran brillantes. Me acerqué a uno de ellos y allí no encontré rastros de dolor, tampoco de sufrimiento alguno. La calle estaba adornada de sábanas blancas donde todos dormían sus sueños hasta que el sol salía. El hombre de los Ojos brillantes me llevó de la mano a las sábanas blancas; acostados mirando al cielo vimos una luz que se hizo grande, la calle se llenó de Fiesta y los tambores traspasaron las distancias de los mares hasta llegar al lugar donde había nacido. Allí todos alistaron sus voces y en los sonidos de los tambores escuché la voz de mi madre que me decía, que no despertara del sueño porque de allá nada me perdía, que los muertos por la guerra y el hambre continuaban, y que ya ni siquiera se permitía soñar. Entonces me negué a despertar de este sueño de luz por temor de volver a la realidad de la calle donde nací un día.

MARIPOSA DE ALAS GRANDES

Cuando empecé a diluir palabra tras palabra después de una larga conversación con Odette Writer, me di cuenta que en sus palabras había un río de sentimientos de amor y sueños por la literatura, que me hizo recordar cuando empecé a escribir mis primeras líneas bajo el fuego y la pasión por sacar de mis adentros todo lo que había anidado en mis sueños desde niño: Ser escritor. Ahora ella también está ahí tejiendo entre un sueño y otro, entre un vuelo de mariposa y la caída del sol armando palabras para su próxima novela. Desde aquí, en medio del frío y la soledad envolvente de este pueblo, estaré mirando el sol y la luna, las montañas y los ríos, y esperando que la mariposa de alas grandes se plante en mi ventana con las primeras páginas de su novela. Cuando esto pase, entonces correré hasta llegar al mar y allí en barquitos de papel viajaré en imaginarios hasta llegar al lugar de tus alegrías, al lugar de tu felicidad.

UN SUEÑO ESPERADO

Leandro Giraldo Leal no pensaba lo mismo antes de ser papá. Cuando supo que su linda esposa Diana estaba esperando bebe sus ojos cambiaron de color y según su mami Darcy Giraldo hasta cambio de caminado. Cuando lo llamé me dijo: Tío, me cuajó. La verdad me hizo recordar cuando nacieron mis tres hijos Didumarxyi, Grannsci y Juan Camilo. En las tres experiencias anduve en las nubes y hasta me creí immortal. Ahora imagino a mi sobrino Leandro caminar sobre la punta de los pies y durmiendo de pie para que no le coja la tarde cuando su hijo llegue. Estoy seguro que cuando abra las ventanas de su casa y vea las nubes posarse en el techo de su casa, no dejará de pensar que en esa nube viajará con su hijo lejos de la tierra, donde nadie le escuche contarle la historia de cómo enamoró a su mami, y cómo planeó su nacimiento. Sobre esa nube viajarán al mar y allí fabricarán castillos de sueños con alas grandes para ser aves viajeras de amor y libertad por el resto de sus vidas. También sobre ese castillo frente al mar el sol tenderá un puente para que duerman en la luna, y sobre esa luna le contará los cuentos mágicos de duendes y fantasmas que le contaba su abuelo Jesús María Giraldo cuando estaba feliz. Estoy seguro que también allí en ese mar y en ese castillo de sueños le hablará del sueño de amor envuelto en mariposas blancas que tuvo con su abuela Rosana Narváez antes de saltar la ventana tras de ella. Los dos reirán y pensarán que ellos estaban locos de amor, y que más allá en los surcos del tiempo los dos estarán unidos hasta que el sol se derrita, y el canto de los arrie- ros sean globos de estrellas que alumbrarán sus caminos hasta la eternidad del tiempo.

A través de una luz tenue de felicidad que se ha hecho grande mientras escribo, me contagio de las alas de mariposas blancas de mis imaginarios para idearme cuando llegué. Del vientre de Diana reventará la semilla y su padre con los ojos grandes le dirá: Bienvenido al mundo terrenal donde todo es posible, donde los sueños de tu mami, los míos y los tuyos serán realidad. Entonces los tres escucharán el mar; el castillo con sus lunas los llevarán donde hay caminos y árboles grandes, también enramadas de luces transparentes que les alumbrarán sus pasos y sus sueños de amor y libertad.

UN MOMENTO MÁGICO DE PAZ

Roi Sámara, este hombre de mirada triste caminó toda la noche dando vueltas en su casa. En un momento paró en seco y encendió una vela y se arrodillo frente a ella. Cerró los ojos y alzó los brazos hacia el cielo. Dijo palabras que nadie entendió pero que él solamente sabía lo que decía. Esperó unos segundos y luego del cielo vino una luz pequeña que luego se hizo grande en medio de la vela. De esa luz salieron globos que desperdigaron granos que pronto se hicieron semillas. De esas semillas salieron voces que le dijeron que ellas eran las semillas de la paz mientras durara la vela encendida. Entonces bajó los brazos y se acostó en posición fetal para seguir soñando en este momento mágico de paz tan esperado en su vida.

UN AMOR DE SUEÑOS

Cuando mi hermano Jesús María Giraldo emprendió la idea de conquistar a su bella novia Mélida Malambo, no importó que sus zapatos no tuvieran cordones y que si las lunas y los soles no le alumbraban el camino en ese largo recorrido, él sabía que más allá de cualquiera adversidad ella sería el amor de su vida porque así lo había soñado una noche que un viento cálido entró por su ventana. No era un día cualquiera, era el día de su cumpleaños. Ese día corrió entre los verdes pastos, se contagió de la alegría de los alegres cantos de las aves y del bramar del ganado, de los abrazos prolongados de sus padres, y de sus hermanas y hermanos que le decían que no dejara de ser como era porque si no los besos y los abrazos se cerrarían en el próximo cumpleaños, el sin dejar de reír y mirarle a los ojos les dijo en voz seca: "Ni por el putas". Esa noche se acostó temprano, pero no trancó la puerta ni las ventanas. Sobre ese viento cálido entró la imagen de una mujer que tenía los ojos negros y la mirada profunda. Su cuerpo tenía la frescura de las plantas y el olor de las flores que su madre cultivaba en el jardín. Despacio esa imagen se acostó a su lado, lo abrazó y le dijo al oído que sería la mujer de su vida y que no lo abandonaría así el mundo dejara de existir. Cuando le preguntó su nombre hubo un silencio corto; pero luego, cuando depositó sus labios en los suyos, le dijo:

Mélida. Y tú serás la mujer de mi vida; aquí sobre estos verdes pastos nacerán nuestros hijos, crecerán y veremos saltar los cercos de alegría a nuestros nietos, y sobre esta tierra nos amaremos para siempre. Cuando el viento cálido se fue de su habitación, también el sueño mágico de amor que tuvo cuando tenía apenas veinte años.

Pasaron muchos sueños después hasta que un día la vio. Sí, tenía los mismos ojos profundo de los sueños y su larga cabellera negra y lisa que la hacía ver como la reina de un cuento de hadas. Ese día no hubo palabras, así que ese día en la noche la ayudó fugarse por la ventana mientras sus padres dormían. Recuerdo que me dijo al oído cuando llegó a casa: Hermano, es la mujer de los sueños.

Sí, es igual como me había dicho que era, muy hermosa. Siendo un niño comprendí que el amor era una luz de colores que se había hecho fuego, y que no había otra salida que dejar que ese fuego hiciera llamas en sus corazones. Allí en esos campos verdes de amor nacieron Maribel, Osiris, Jeison, Yina y Jessica. Cuando Mélida partió lejos de nosotros hubo llantos de dolor, pero también comprensión que la vida no es eterna.

¿CON QUIÉN DORMIMOS?

Un día mi amigo Jair Quesada escuchó decir que llegaría una masa de fuego y que acabaría con todos los infieles del pueblo. No supo quién lo dijo pero algún pecado de conciencia tenía cuando se sintió incómodo. Sacó la Biblia buscando salvavidas por si algo inesperado pasara. Se metió debajo de la cama, pero había tanta oscuridad que saltó a la calle con los ojos llenos de miedo mirando el cielo. El día estaba opaco, pero cuando miró el cielo una luz brillante se asomó en el firmamento. Salió corriendo pero los cordones de sus zapatos estaban sueltos. No tuvo tiempo de amarrarlos, así que en la primera estampida quedaron tirados en la esquina del Sendero que lo miró no entendiendo lo que pasaba. Quiso detenerlo pero ya iba cuesta abajo llegando al parque central del pueblo. Era un domingo, todos se reunían allí para hablar de lo que en público no lo podían decir: Sus infidelidades Allí entre muchos estaba Cristóbal Giraldo y Aldemar Molano, que al mirar el cielo también vieron la misma luz y no encontraron otro camino que huir detrás de su amigo. Cuando doblaron la esquina otros le seguían. Allí estaba Lisandro Giraldo, el hermano de Cristóbal y todos los hermanos de Jair que a paso grande les seguía. Cuando llegaron a la gasolinera y miraron atrás, se dieron cuenta que todos los del pueblo les seguían. Ellos no miraron a sus mujeres porque era poco lo que les quedaba de "vergüenza". Por un momento esperaron el replique de las campanas avisando que la pequeña luz se había hecho fuego, pero no pasó. Cuando Jair, Cristóbal y Aldemar miraron atrás se dieron que cuenta que el encargado de tocar las campanas también huían de la premonición del fuego.

¿Quién era? El cura del pueblo. Entonces el miedo ya se acomodó en las manos y en las piernas al ver, que el único que podía hacer algo por ellos eran también un pecador infiel, a lo mejor más que ellos. Hubieran querido saber; qué pasaba cuando cerraba las cortinas de la iglesia, y en el confesionario quedaba la Eva de la manzana pecadora con su cuerpo voluptuoso llevándolo lejos del mundo real en que vivía. Pero ninguno de ellos quería ahondar en sus largos pensamientos, porque lo más importante era salvarse de la bola de fuego que los consumirían para siempre.

Entonces, ¿qué hacer? Cuando ya nos les quedaba aire en los pulmones para ese entonces todos se arrodillaron incluyendo al cura con la mirada puesta en el cielo, así que esperaron con resignación que la bola de fuego les consumiera el final de sus días por sus faltas cometidas. El cura miró de nuevo el cielo y todos lo siguieron. Cuando estaban cavando el hoyo para enterrarse vivos con los cirios encendidos aparecieron sus mujeres. Tenían la sonrisa grande y con voz maliciosa les dijeron: No hay tal bola de fuego, este cuento lo inventamos nosotras para saber con quién dormimos.

AL FINAL DEL CAMINO

Entre una palabra y otra, aquellos viejos amigos hoy de nuevo se encontraron. Lo primero que se les ocurrió fue visitar al cura del pueblo. Cuando los vio tiró la sotana y se les colgó al cuello como si fuera una sanguijuela. Tenía los ojos chispeantes de alegría, tanto que Ricardo Ja- ramillo pensó que detrás de ellos se ocultaba un niño con un mundo mágico más allá de cualquier imaginario. Recorrieron el pueblo sin importar la lluvia que caía, y una que otra voz que se coló cuando los vieron descender a la punta del pueblo donde algunos decían, que el que llegaba no salía porque allí estaban las Marías Magdalenas con sus atributos fuera de tiempo y lugar. Chirrearon los voladores y la música se hizo grande; los abrazos se hicieron cercos y los cuerpos perfumados quisieron envolverlos en pensamientos ajenos a sus voluntades. El Cura miró a Salomón César David como queriendo encontrar en él alguna complicidad, pero recordó las palabras de su bella esposa Paola: "Tú me perteneces, también tus sueños, y si me fallas no vuelves a probar ni el calentado". Entonces como pudo se zafó del calor sofocante de los brazos de las Marías, pero no su amigo Ricardo que ya tenía las mejillas pintadas de besos y todo sus cuerpo erizado por las palabras excitantes de estas mujeres, que ignoraban el carácter verraco y fuerte de su esposa Doris a la hora de reclamar también lo suyo. Cuando César David miró el cura este ya se había tornado varios vasados de chicha fuerte y ya no importaba si era cómplice o no, lo que importaba era vivir este momento aunque fuera efímero, aunque fuera fugas.

¿Qué es el pecado?

¿Qué es la infidelidad?, se preguntó César como queriendo dar un pie adelante pero ahí estaban las palabras de su esposa Paola: "Tú me perteneces, también tus sueños y si me fallas no vuelves a probar el calentado". Entonces pensó que podía ser el salvavidas y se acercó a Ricardo Jaramillo que en esos momentos ya tenía los ojos cuadrados por la chicha, y desde luego por la quemazón de besos que le seguían dando las mujeres que se le lo querían comer entero. Cuando César David le recordó que su mujer lo podía estar dejando si pipí, entonces pegó un salto en el pie izquierdo y luego tres en el derecho. Hizo señal al mesero que apagara la música y con la voz ya quebrada por las chichas y el rose de los senos y los besos acaramelados le gritó al cura: Vámonos.

¿Para dónde?

Para donde nos lleve el diablo, le respondió César, ya convencido que un tiempo más y el alma del cura se perdía, como también el pipí de su gran amigo Ricardo en manos del bisturí de Doris. Los tres siguieron camino al río entre un paso corto y uno largo. Cuando llegaron a lo lejos escucharon decirles, que solo había un camino de regreso, y que a la vuelta sus cuerpos como sus almas les pertenecerían. Entonces para evitar la pérdida del alma del cura, y el calentado de Salomón César David como el pipí de Ricardo, decidieron seguir río abajo hasta llegar a la desembocadura de río donde divisaron a Cali y Poyan. Cuando llegaron allí estaba Paola con un letrero que decía: Su calentado está aquí pero debes pasar la prueba. Él rió, pues mas ella sabía que él era para ella solamente.

Ricardo un poco nervioso le dijo a Doris: Mi amor, eso de vivir capado es muy verraco, total que guarde el bisturí, jamás de los jamases te haría tan gran cosa. Doris sonrió y le dijo a César y al Cura mostrándoles el bisturí: "Si no fuera por esto ya me la habría cometido". Los tres sonrieron pues ellos sabían que al final del camino el amor los uniría por siempre:

En dos ocasiones el cura anterior había tenido que salir corriendo en pantaloncillos por una asonada paramilitar, así que este amigo se que- daría aquí para que tuvieran tiempo de contarse las historias que no tuvieron por culpa de las Marías Magdalenas.

LA NIEVE, EL PUENTE, EL ADIÓS

Keira Simpson, esta mujer que conocí Un día cuando la nieve caía sobre el puente, hoy sobre esa misma nieve la sigo buscando. Me subí al puente buscándola desesperadamente, pero solo logré ver mi tristeza reflejada en la nieve que seguía cayendo. Mirando la nieve me pregunte la razón de su partida y recordó que con los ojos cerrados me había dicho que ya no era la misma. Me quede mirándola y le preguntó: ¿Qué te ha hecho cambiar? Me quedó mirando y con lágrimas en los ojos me dijo: el temor a morir.

¿De qué o por qué? Todos de una u otra manera vamos a morir, le dije, antes que me diera sus razones.

La sala estaba opaca, pero ahora sus grandes ojos iluminaban todo alrededor. Se sentó al frente y clavando la mirada en la mía me dijo: Le temo a lo desconocido y la muerte es eso. Si yo pudiera elegir ese momento me gustaría morir en un sueño, pero nunca sueño.

No tuve palabras para desechar sus miedos, pues ahora me di cuenta que yo también los tenía. Quise confesarle también mis temores pero la diferencia era grande: soy un soñador de sueños y a lo mejor podía elegir mí partida en un sueño para al despertar estar en la frontera lejos de la vida. Me quedé en silencio, y en mis adentros comprendí su temor. Pero, era muy joven y a esa edad la idea de la muerte no ronda en la cabeza.

¿Por qué estás pensando en la muerte Keira? Le pregunte con ansiedad buscando la respuesta exacta. Entonces vi que sus ojos perdieron luz y sus piernas perdieron la resistencia para soportar el peso de su delgado cuerpo. Le ayudé a sentarse a mi lado y allí recostada sobre mi hombro sentí bajar sus pesadas lágrimas. Sin poder evitar las mías, me di cuenta que los dos éramos un péndulo de miedos que lejos estábamos por ser diferentes a pesar de yo ser un soñador de sueños y ella, el círculo cerrado al escape de elegir cómo morir a la hora en que el tren llegue por ella. Esperé por un largo tiempo su respuesta y con su silencio comprendí que el mero hecho de pensar en la muerte le ataba sus palabras, y que con su silencio me pedía que la comprendiera, y que sellara mis preguntas. Entonces se levantó silenciosa y caminó la calle llena de nieve. Le preguntó a dónde iba y me dijo: para el puente. Ha pasado un año y cada vez que llega el invierno en esta pequeña ciudad visito el puente. Allí desde el puente la busco entre la nieve y de paso me pregunto: me hablaste del temor de morir, entonces, ¿por qué elegiste ese camino?

¿Cuál, o cuáles fueron las razones para irte a pesar de tus temores? Ha pasado un año desde tu partida, y hoy como todos los inviernos estaré en el puente lleno de nieve esperando que ilumines mi camino, para cuando deje de soñar no tenga miedo de subir al puente donde te fuiste para siempre.

HENRY BONILLA,
EL SOÑADOR ETERNO

El mundo había cambiado, todos no soñaban el mismo sueño, todos no tenían la misma espiritualidad, tampoco todos caminaban ya por la misma calle. Algunos habían ido para la guerra, otros habían salido corriendo antes que ella se asomara a sus ventanas; otros habían muerto de malaria con los ojos abiertos esperando la medicina codiciada. Henry Bonilla, este hombre de mirada fija y caminar lento cerró su cuarto, y como buen creyente se echó la bendición antes de acostarse. Era invierno en Colombia y los pescadores madrugaban con sus atarrayas y sus anzuelos a pescar el pan de cada día, pero el hombre soñador de sueños, siempre decía que había que trabajar para comer porque para comer Dios daba, aunque hoy no iba a trabajar, iba a soñar y él lo sabía. Así que se arropó pie a cabeza y esperó silencioso que el sueño llegara. Miró el techo donde por años se habían colado todos los sueños desde que tenía razón, y de nuevo lo esperó silencioso. Por el techo se filtró una luz tibia, era liviana y tenía la candidez de la paz y la esperanza; era una luz que en su interior tenía caminos; eran largos y se cruzaban entre sí, y al final de esos caminos había mares con sus veleros en proa listos para viajar más allá de los imaginarios de sus marineros. Con la boca abierta y los brazos abiertos se dejó llevar por esos barcos. Sintió alegría cuando vio la costa con sus montañas crecidas y los pescadores atrapar los peces con sus risas grandes. Al primero que vio fue a Lucho, un hombre de color que con su remo le hacía señal que era hora de cruzar el río allí antes que las aguas crecieran y los espíritus de los muertos por la guerra aparecieran. El viaje fue interminable por la picazón de los mosquitos y sancudos, pero cuando llegó al pueblo y vio su hermano José Bonilla y a todos los amores ausentes se olvidó de la picazón. Abrazos y besos y una que otra mirada de celos por la cantidad de mujeres que lo amaban y a lo mejor lo odiaban por sus infidelidades cotidianas, ya no pudo ocultar su estrés. Quiso escapar otra vez como siempre lo hacía, pero la negra Zunilde le echó mano del cuello y derechito se lo llevó a la cueva del amor donde siempre conjuraba a los fugitivos como él. Landines y Mendieta ya no pudieron hacer nada por él. Dentro de esa cueva del amor como le llamaba la negra Zunilde pocos salían con razón porque ella se les comía hasta la memoria. Allí todos esperaron hasta que la luna cambió pero cuando Henry Bonilla salió todos notaron que no era el mismo. Estaba pálido y con el cuerpo tembloroso. Además cuando quiso hablar sus palabras eran incoherentes, tenía la lengua pastosa y los ojos vidriosos. Sus amigos corrieron en su ayuda pero les dijo: Estoy soñando, espéreme al otro lado del río donde la negra Zunilde no nos vea para regresar a la realidad.

UN SUEÑO DE AMOR DE MIRIAM

En las calles apretadas de Costa Rica conocí a Miriam. Con sus ojos grandes y saltones me dijo: Que verraquera encontrar un colombiano en estas tierras. La última vez que la vi tenía una luz de alegría en sus ojos azabaches, se acercó y me dijo: Viajo al norte. Sentí su misma alegría porque también viajaba al mismo país pero a diferente lugar. Al poco tiempo un día por la mañana me llamó y me dijo: Tenía cerrada la ventana de mi corazón pero me descuidé y entro un "hombre sin permiso" Reí un poco y le pregunté. ¿Y cómo se llama ese intruso? Carmelo, un americano con corazón grande y mirada profunda. Entonces en un corto discurso muy emocionada me dijo, que parecía un hombre venido de las estrellas porque por las noches cuando dormía le parecía que salían de sus ojos una luz blanca que atravesaba el techo de su casa derechito al cielo. Me quedé en silencio por un ratico y le dije: Entonces tienes ganada la entrada al cielo. Te salvaste de ir al infierno. Los dos reímos hasta que salieron lágrimas de los ojos. Unos meses después le pregunte por Carmelo y me dijo con una voz llena de alegría: Ese intruso me enamoró y me case.

¿Qué? No jodas. ¿De veras? Si, ese verraco me enamoró. Después de ese día no la sentí en la tierra, era como si viviera en otro mundo diferente al que yo habitaba. Pasaron otros días más y me preguntó: Chevick, ¿es cierto que cuando lo aman a uno los ojos cambian de color? Corrí al espejo y miré los míos y tenían el mismo color desde cuando el amor se escapó por la ventana, estaban tristes.

¿Y de qué color los tiene Carmelo? Tiene el color de la alegría. Entonces corrí al espejo de nuevo y comprendí que los ojos tenían mucho que ver con el estado emocional mío.

Otro tiempo más y Mirian me llamó. Chevick, tengo un sueño repetitivo. ¿Y qué sueñas? Le pregunte mientras adivinaba su respuesta. Que Carmelo sueña el mimo sueño mío. Vaya, vaya, me dije para mis adentros, sin duda que la respuesta ya no está en mis labios porque siendo un soñador de sueños jamás había tenido similar experiencia.

¿Y qué sueñas?

Escuché al otro lado de la línea su voz emocionada, tanto que le dije: Mirian, no piensas que debes de asomarte a la ventana y respirar profundo?

Sí, tienes razón amigo. Entonces escuché cuando tomó aire, y un suspiro se escapó sin que nadie midiera la cantidad de emociones liberadas en ese suspiro. Muy tenso ya le dije: Mirian suelte ese verraco sueño ya.

Era un día con mucha nieve, la calle donde vivíamos estaba blanca, también los techos. Una música suave en las ventanas se escuchaba mientras Carmelo caminaba. Parecía que mentalmente iba cantando lo que escuchaba por sus movimientos en sus manos. Cuando llegó al final de la calle giró de un solo tajó y se dio cuenta que yo estaba en su sueño. Me vio en la ventana con los ojos grandes y entonces vi en sus ojos la misma luz cuando primera vez lo vi soñar con los ojos abiertos. Entonces salte por la ventana y descalza corrí hacia él. Ya tenía los brazos en alto y la boca abierta para que la llenara de besos. Esa luz y los besos me transportaron a un mundo fantástico donde era la única mujer en la tierra que tenía el privilegio de soñar el mismo sueño en la tierra, donde ya nadie soñaba por temor que los sueños no se parecieran a la realidad.

Cuando despertamos estábamos abrazados, pero ahora no solo había una luz traspasando el techo de nuestra casa en dirección al cielo, estaba también la mía, mi querido amigo Chevick.

Entonces corrí de nuevo al espejo y mi tristeza había desaparecido, solo porque ellos eran los únicos habitantes de la tierra que soñaban el mismo sueño para ser felices, donde ya nadie le apostaba al amor, a la felicidad y a la esperanza.

UNA HISTORIA QUE CONTAR

Fernando Acosta cruzó el puente que lo alejaba del pueblo donde había vivido por más de treinta años. Allí había cultivado sus sueños y había echado raíces hasta el día de hoy. Miró otras y sintió nostalgia por los años vividos con su esposa Gloria y sus tres hijos que eran los más importante en su vida, y desde luego con sus amantes clandestinas que se le comían los espacios de vida cuando pensaba en ellas. Era un destierro involuntario por culpa de sus bajos instintos, cuando con su palabra de culebrero mayor le habló a la mujer del Alcalde al oído y ella sin pensarlo no se resistió. Él recuerda que lo quedó mirando por un momento a los ojos y sin palabras lo llevó a la cama donde había perdido la virginidad la noche de su matrimonio. A partir de ese día se fraguaron muchos encuentros donde se escapaban de este mundo a través de sus pasiones y sus orgasmos. Era la primera aventura para ella aunque se decía a voz baJa que había tenido una relación con el cura del pueblo, y esto le había costado la pérdida de la investidura aunque nunca se supo a ciencia cierta este hecho, pero lo que sí se sabía de Fernando Acosta era que desnudaba hasta una escoba cuando cambiaba la luna.

¿Lunático? Solo él lo sabía pero decían sus vecinos que cuando la luna estaba crecida se le disparaba el libido, y hasta cambiaba de personalidad por lograr lo que pensaba y deseaba. Algunas veces lo vieron en pantaloncillos a media noche cruzar la cera de la calle y treparse por los tejados hasta llegar a la casa de sus amantes. El Alcalde por más de una ocasión lo vio colarse por los arbustos grandes que rodeaban el vecindario pero jamás pensó que le estuviera gateando a su mujer Cintia. Siempre imaginó que su amigo Facundo estaba llevando la peor parte por culpa de su esposa, y a hasta tuvo las sanas intenciones de practicar de este hecho una vez que se encontraran en la iglesia.

¿Por qué no lo hizo? A lo mejor pensó que Facundo de vergüenza se iría del pueblo y él perdería su voto en la próxima contienda electoral. Pobre hombre, decía a menudo pensando en el. Dios me libre de semejante suerte, es lo peor que le puede pasar a un hombre y mucho más si está enamorado de su mujer.

Qué tal yo con cachos y siendo el Alcalde del pueblo?

Dios me libre de esto, volvió a decir, pero en esta ocasión santiguándose varias veces. Él se consideraba un hombre fiel, tanto que decía que cuando muriera todos los infieles lo venerarían para que le hicieran la venia antes para evitar llegar al infierno.

Habían pasado más de siete meses, hasta que por un hecho casual se dio cuenta cuando escuchó en el mercado de las pulgas, hablar de la fortuna que tenía Fernando, pues las mujeres aducían que era un hombre súper dotado, y que por tal razón no resistían a sus encantos de hombre súper macho, y los hombres que la palabra de culebrero mayor era su mayor privilegio. Algunos también decían que cargaba en el bolsillo algún libro de secretos y que esto le ayudaba ser el amante perfecto que las mujeres soñaban.

Un domingo se disfrazó y madrugó al mercado. Preguntó por qué decían lo de Fernando, y sin mayores contra tiempos una mujer con cara de pitonisa le dijo que si acaso no era relevante que se estuviera durmiendo la mujer del Alcalde, que todo el mundo lo sabía menos el tarado del marido, que era un pendejo y un cornudo que la vivía exhibiendo en público mientras el Fernando le hacia el mandado en su propia casa. Mira, dicen los que han pegado las orejas en la puerta, que ella grita como si le estuvieran sacándole el alma cuando vienen sus orgasmos, y el rebuzna como un burro viejo cuando está llegando. Yo porque estoy vieja ya, sino hasta algunas paradas de muleta le haría porque ganas que si le tengo.

¿Tú te imaginas yo tener ese súper macho encima mío? No lo dejaría trabajar, le daría todos los días de comer el famoso caldo levanta muertos y jugo de borujo para que no bajara la guardia día y noche.

¿Quién no quiere un hombre así?

Sin duda que al señor Alcalde le falta lo que a él le sobra.

Yo si tuviera un hombre como el Alcalde por él lo cambiaría. ¿Tú no crees?

Pobre hombre, terminó diciéndole mientras

el con la mirada en el piso le escuchaba sin responderle nada.

De camino a su casa sintió sus pies pesados, también sus ojos húmedos y hasta sintió que ya no era el mismo. Sus pensamientos eran agujas que le clavaban el corazón sin que pudiera escapar de ellas, y sus sentimientos ollas de barro y lodo que lo estaban empujando al suicidio. Era la sensación más extraña en sus treinta años vividos. A veces sentía que un frio recorría su cuerpo y se estacionaba en su corazón; luego ese trio se volvía fuego y le invadía sus pensamientos quedando en shock. En algunas ocasiones sentía como si una mano con garras entrara a su vientre, y le sacara las entrañas cuando pensaba en el preciso momento en que Fernando le sacaba los orgasmos a su mujer, y el como decía la mujer del mercado rebuznaba como un burro encima de ella.

Algunas veces su respiración se agitaba, y otras veces sentía que le faltaba cuando se imaginaba sus cuerpos sudorosos y olorosos a sexo. Quiso apartar este pensamiento, pero siguió como un río crecido que quería llevarse los árboles y todo lo que encontrara en su camino. La imaginó pálida y su cuerpo tembloroso y desnudo tirado sobre las sábanas blancas mientras el seguía con movimientos buscos cogiéndola por detrás como un burro poseído por la emoción.

¿Por qué me haces esto? Creyó escucharla decir cuando la tomó entre sus brazos, y la llevó al fregadero sin dejárselo de hacer que era el dios del amor y el único que le sacaba orgasmos unos tras otros. En el fregadero asumió escuchar el ruido que produce el sexo cuando ya los músculos del cuerpo están en completo relax, y de las gargantas voces y sonidos guturales que solo en el idioma del sexo tiene significado. Quiso correr para escapar de sus crueles pensamientos pero no pudo. Ahí seguían los gritos de su mujer llenos de placer ensordeciendo sus sentidos, y las palabras emocionales de Fernando haciéndolo sentir lodo y barro.

Malditos los odio, gritó sin importar quién lo escuchaba y lo miraba.

Desde el primer momento que lo supo no pudo guitar esos pensamientos que lo hacían ver más pequeño de lo que era. Dejó de afeitarse y hasta los pelos de su nariz hacían juego con su áspero bigote. Perdió kilos de peso y nunca Jamás pudo reconciliar sus sueños hasta el punto que sus ojeras eran bolsas de carne flácida que le daban apariencia de un hombre viejo y solitario. Su cuerpo estaba más curvado porque ya nunca volvió alzar la cabeza, tenía miedo de mirar a los ojos porque pensaba que alguien le diría: Señor Alcalde, ¿cómo está tu día?

¿Qué les respondería?

Mientras caminaba pensó profundamente en la idea del suicidio, era una manera de liberarse del dolor y viajar a ese mundo donde nadie regresaba porque sin duda era el mejor vividero porque nadie regresaba; el asumía que allá solo vivía la nada y como tal, nada se sentiría en ese lugar más que un silencio absoluto, el silencio de la muerte.

¿Pero dónde, cuándo y cómo?

Pensó en un lugar solitario y en la oscuridad viajar con los ojos abiertos mientras se escapaba la vida.

¿Pero por qué en la oscuridad? Siempre le había tenido miedo porque cuando niño lo asaltaban pequeños seres imaginarios que lo amenazaban con quitarle la virtud de ser niño, y esta era la mejor manera de conocer sus misterios entre el paso de la vida y la muerte.

Otro lugar era en lago cerca a su casa, porque allí había parte de su niñez, y habían hecho el amor en su pequeño bote con su bella mujer hasta que la luna viajaba a otro lugar en el espacio.

No sabía cuándo sucediera a lo mejor en cualquier momento porque ya no tenía control de su voluntad, tampoco de sus impulsos emocionales; sentía y pensaba que era producto de unas circunstancias de las cuales no era merecedor, pero que ahora como parte de esto estaba perdiendo la auto estima y las ganas de vivir.

Pensó en el arma corta que tenía en la casa y apuntarse directamente en la cabeza con los ojos abiertos mirando la foto de su mujer, no para llevársela en sus ojos en ese mismo momento, si no para quitarse el velo de amor que por tanto tiempo había tenido sin que se hubiera dado cuenta.

Pero ¿qué pasaría si no moría, y a cambio de esto quedaba tirado en una silla de ruedas, y a lo mejor viendo a los dos hacer el amor en su propia cama?

¿Buscar a alguien que lo hiciera por él?

¿Pero quién?

¿Tirarse de un puente o con los ojos cerrados esperar que el tren lo arrollara?

Pero tampoco vio la garantía de morir.

¿Tomar veneno?

Muchos no morían y a cambio tenían problemas de por vida.

¿Cortarse las venas?

Era agónica y no quería que otro pensamiento ocurriera antes de morir.

¿Ahorcarse? Lo descartaba de plano porque era una muerte de las peores. Así que mientras seguía caminando los pensamientos seguían martillando su cabeza con tanta fuerza, que se sentó en la plataforma de su pequeño bote anclado a dos millas de su casa y desde allí pensó amarrarse algo en su cuello y tirarse al fondo. Mientras lo hacía empezó a llorar involuntariamente sin control alguno. Miró a todos lados y en el momento de hacerlo vio un cadáver que flotaba. Quedó mirándolo y le pareció por la expresión de su rostro que había sufrido en el momento de morir. Entonces desistió de la idea y siguió camino a su casa con la mirada al piso arrastrando los pies y las manos entrelazadas atrás.

¿Por qué a mí?

¿Será que a todos esto les pasa?

¿Por qué en medio de tantas mujeres tenía que a ver elegido a la mujer que en estos momentos me tiene al borde de la locura y la desesperación?

Culpar a Dios no puedo e inclusive ni a mí mismo porque cada uno merecemos lo que tenemos, unos porque el sentimiento puede más que la razón y otros porque nos falta lo que otros le sobran: malicia indígena. Esto lo pensaba no para auto castigarse, si no para aceptar que se había equivocado de corazón y de razón.

Siguió caminando y por un momento miró el cielo.

¿Por qué tenía que haber nacido en este tiempo?

¿Por qué? Nunca imaginó tal cosa pues ella le decía siempre, que era el hombre que Dios le había puesto en su camino para ser feliz el resto de su vida.

¿Por qué tanto engaño? Difícilmente podía encontrar respuestas en este momento y solo se limitó aceptar el dolor porque era lo único real que existía en todas partes de su cuerpo.

¿Señor Alcalde, cómo está su mujer?, le preguntó su vecino Facundo antes de llegar a la casa.

¿No me escuchas?

Soy yo, Facundo, su vecino.

Él no lo escuchó o se negó a escucharle porque no tenía otra razón que dejar que su dolor se le comiera la vida.

Maldita zorra, dijo entre sus pensamientos. No mereces vivir, te odio, te odio y te odiaré hasta después de tu muerte y de la mía. Mientras dure su vida tu conciencia te comerá la sangre y tus sueños serán canoas de sombras negras que te llevaran al infierno sin regreso.

Al llegar a su casa la mujer lo abrazó y le dijo que lo amaba mucho, que más allá del sol y la luna en sus sueños solo habitaba él. Hubiera querido decirle a gritos todo lo que la gente hablaba en la plaza de mercado a boca abierta y por supuesto todos sus electores, pero calló mordiendo la bala porque sin duda lo negaba y de nada le serviría, o lo peor, se lo afirmaría y el no sabría qué hacer ante la verdad en ese mismo momento. A partir de ese día le cambió la vida, dejó de asistir a misa y a las secciones del consejo. Su pelo empezó a caer y hasta según las malas lenguas cada día perdía estatura. Empezó a tomar pastas para poder dormir pero solo consiguió una gastritis nerviosa que por casi lo mata. En sus imaginarios lo atormentaba cómo la gente detrás de las cortinas hacían bajos comentarios, y a lo mejor hasta compasión y lástima sentirían por él.

Todos los días en el baño se miraba el pene y lo veía más pequeño cuando lo relacionaba con los supuestos dotes de Fernando.

Mirando el techo sin poder dormir todavía no encontraba la forma de matarlos. Quedó mirándola mientras dormía y en ese mismo instante ella empezó a soñar.

Abrió las piernas y empezó a mover las caderas; primero lenta y después circular en forma rápida. Abrió la boca y empezó a succionar algo que no veía pero que se imaginó de qué se trataba.

Te amo Fernando, te amo, decía mientras pasaba su larga lengua por sus labios. Abrió los brazos y se acomodó permitiéndole que llegara donde ella quería. No pasaron siete minutos hasta que explotó y el sintió el olor a sexo fresco. Ella empezó a gritar pero él se tapó los oídos ya debajo de la cama. Quiso en ese momento matarla o que la tierra se abriera y se lo comiera vivo. Cuando todo pasó subió a la cama y ella tenía los ojos abiertos pero sus sentidos estaban en otro mundo.

Una noche empezó a planear la muerte de los dos y también la de él. Esto lo horrorizó por unos momentos pero luego fue digiriendo la idea en la medida que su dolor crecía. Era el mismo dolor que venía de los pies y al pasar por el estómago sentía como si fueran garras de tigre que le querían sacar el vientre; cuando llegaba a la cabeza sentía deseos de vomitar y de ir al baño. Voy a morir un día de estos pensó, pero no le preocupaba porque en el fondo era lo que quería.

¿Pero dejarlos vivos? Por un momento dejó de pensar en su muerte y se trasladó al plano de los dos. ¿Por qué tendría que hacerme daño si les hago es un favor? No tiene sentido

¿Acaso no es mejor mandarlos al infierno y

quedarme aquí por un largo tiempo mientras llega la hora natural de mi partida? Sí, se dijo en sus adentros, así desaparecería mi dolor y volvería hacer yo mismo: libre sin pensamientos que me atan los pies y sin garras de tigre jalándome las entrañas.

¿Pero seré capaz de vivir con las manos untadas de sangre?

No, no sería capaz, a lo último terminaría enterrándome vivo.

Empezó armar puentes en su imaginación cómo sería sus muertes. Ahogados, quemados, ahorcados, desangrados. ¿Con un puñal en el estómago?

¿Enterrarlos vivos? La idea le pareció dolorosa para ellos y para el placentera.

No, algo diferente dijo en el baño con voz débil y ronca a medida que pensaba.

Mientras pensaba no lograba cómo había podido hacerle esto si siempre se habían jurado amor eterno y ante todo decirse la verdad por dolorosa y cruel que fuera, pero esto ya había pasado y seguía pasando sin que ella se diera cuenta que esto le podía costar la vida misma.

Tres semanas después ya tenía el plan perfecto. Armó un supuesto viaje a Bogotá y lo hizo en una audiencia pública para que Fernando se enterara. Se camufló entre los grandes arbustos que rodeaban su casa y allí se apostó con revolver en mano. En esta ocasión Fernando no saltó la tapia de la casa del Alcalde, si no que entró directamente por la puerta principal de la casa como si el fuera el que pagara los impuestos de la propiedad.

Cada segundo que pasaba lo volvía histérico, pero fue a media noche que lo vio llegar con una gabardina negra que llegaba hasta el piso, y un sombrero alón que lo usaba de medio lado sin explicación alguna, a lo mejor para mostrarse diferente al común del pueblo o para intimidar sexualmente a las mujeres. Amarró el caballo que se había ganado en una mano de póker con sus vecinos de farra y con las espuelas brillantes hizo rechinar el piso de mármol. Tiró el sombrero negro sobre el piso y de inmediato sin subir al segundo piso donde lo esperaba empezó a quitarse las mancornas de su camisa blanca, y a desabrocharse el pantalón de charro que había comprador en el mercado de las pulgas.

Aguantó lo necesario esperando que la escena comenzara, y aprovechó para acariciar la cacha del revólver y decirle a baja voz que en sus balas los estaba poniendo de camino al infierno. Metió la llave con un poco de temblor en su mano pero antes de entrar dejó los zapatos afuera para evitar el ruido. La casa estaba distribuida en tres habitaciones y una sala grande donde por muchas ocasiones le hizo el amor a su esposa sin límites de tiempo, y sin pensar que con los gritos de placer otros detrás de las cortinas escucharan lo que no debían de escuchar. Con paso de felino subió las escaleras y paró el oído en la puerta.

Hazme gozar, más duro, más duro, así, así, así.

Ay, ya casi llego, no pares, por favor, no pares, mi amor.

Yo también, muévete putita, así, así, ya casi, ya, ya, ya.

No supo cómo lo hizo pero ya estaba adentro. En posición de perrito estaban los dos y sobre las sábanas blancas varios juguetes sexuales que no había visto jamás.

Apuntó el arma con las dos manos para no errar los tiros y les dijo: yo también llegué pero a matarlos a los dos, hijos de puta.

¿Quién quiere morir primero?

¿Tú?, le dijo apuntándole el arma a Fernando.

Yo no quiero morir, señor Alcalde.

Yo tampoco, le dijo Cinthia.

Eso no lo eligen ustedes.

Fernando se arrodilló pidiéndole perdón pero el montó el revolver ignorando sus palabras y le dijo que se encomendara a Dios, o al diablo si era su protector porque iba a morir.

El Alcalde estaba a punto de dispararle pero algo pensó en esos momentos. Era domingo día de mercado en el pueblo, las calles y la plaza de mercado estaban abarrotadas de gente.

¿Por qué no? Pensó con cabeza fría sin bajar el arma. Abrió la puerta y les pidió que cogidos de la mano salieran a la calle.

No puedes hacer esto le dijo su mujer con su cuerpo tembloroso y oliendo a semen.

Y mucho más le contestó el con voz trémula.

Su casa estaba localizada en las afueras del pueblo pero la romería de gente estaba esperando el suceso.

¿Cómo lo sabían?

No hay que olvidar que el único que no sabía era el.

¿Pero de la intención de matarlos?

Pueblo chico infierno grande, así que era algo anunciado, pero todo se esperaba menos lo que estaban viendo.

Tres cuadras adelante habían más de treinta personas, y al llegar a la plaza de mercado era una aglomeración de gente que no había que en- vidiarle a una manifestación del primero de mayo.

Fernando era el topógrafo del pueblo y su esposa Gloria, una maestra de escuela que se Jactaba diciéndole a sus amigas que era el marido más fieles de los fieles; y si no, a la muestra sus tres hijos que tenían, como quien dice todo quedaba en casa.

Gloria escuchó la algarabía desde el balcón de su casa y lo que se decía por el micrófono de la junta de acción comunal: Ahí vienen, ahí los trae el señor Alcalde derechito al patíbulo. En calle de honor los vio ella. Miró a todos lados como queriendo saber si la estaban mirando, y se es- trelló con la mirada de su esposo. Fue una mi- rada de fuego que lo aminoró más. Dio tres pasos y se puso enfrente de el.

¿Por quë me haces esto? Su boca estaba seca así que hizo un esfuerzo pero sus palabras se atoraron en su garganta. Empezó a llorar pero ella no se condolió, lo miró por más de tres minutos y luego en un corto silencio le dijo al oído:

"No tengo palabras para decirte lo que siento". Cuando llegaron al mercado de las pulgas ya el lugar estaba repleto; unos pedían la pena capital y otros que los enterraran vivos. Alguien con voz chillona grito entre la multitud: amárrenlos al cepo y azótenlos. De paso la idea cobró fuerza entre la multitud y se hizo coro.

¿Por qué no? Pensó el señor Alcalde mirando la multitud a tiempo que los amarraban al cepo. El primero en soltar el primer azote fue el Alcalde, luego Gloria y el cura del pueblo seguido de una multitud que ansiosos esperaban su turno. El último fue don Facundo. Miró al alcalde y a Gloria pero antes de lanzar el último latigazo le sugirió al Alcalde que los desterrara del pueblo para que hombres y mujeres durmie- ran tranquilos por el resto de sus vidas.

El Alcalde acentuó con la cabeza y fueron llevados al puente que los ponía lejos del pueblo donde jamás regresarían mientras el fuera el Alcalde del pueblo.

LA MUJER DE VINO JEREZ

Cuando llegué a la fiesta de mi amigo Oliverio Soto, estaba una mujer con las piernas largas sentada en el asiento que supuestamente era para mí; le preguntó quién era esa mujer, y Oliverio dijo que ella le había dicho que estaba ahí para que yo le dijera que ella era la mujer de mis sueños. ¿La mujer de mis sueños?, le respondí con asombró. Sí, me dijo, con los labios un poco cerrados como no queriendo alertar mis nervios.

¿Tienes Brandy o Vino Jerez?

De los dos.

Dame los dos.

Ahora la vi mejor y aún más, la estaba recordando.

¿Martha? Sí, me dijo ella abrazándome y llevándome al lugar donde se encontraban todos los enamorados tomando Vino Jerez y Brandy.

Cuando Oliverio se acercó traía un álbum donde estábamos los tres celebrando con vino Jerez y donde yo le decía, que sería la mujer de mis sueños por fuerte que fueran los vientos.

¡Claro que te recuerdo!, grite en medio de la gente mientras ellos me miraban como si fuera un ser de otro mundo, gracias al Brandy y al Vino Jerez.

¿Entonces te casas conmigo? Me preguntó. Sí, después del siguiente brindis.

LA PALABRA

La palabra, dijo Albeiro Barrios antes de acomodarse los anteojos, es el alma de la vida porque viaja y llega donde queremos; almacena amor, vida y muerte si queremos. Pero eso no es todo, dijo ahora con la voz eufórica y agitando las manos. "Con ella alabamos a Dios y lo negamos, con ella transformamos la historia de los hombres y de los pueblos y también la enterramos; desatamos guerras y pasiones recónditas hasta creernos dioses de un mundo inexistente. Cuando se bajó de la tarima miró a todos lados, pero no sabía si lo amaban o lo odiaban por culpa de la palabra.

EL LUGAR DE LA PALABRA

Jair Quesada llevaba siete horas hablando, hasta que se dio cuenta que estaba solo.

¿Cómo no se había dado cuenta?

¿Tenía los ojos cerrados o no quería reconocer que eran sus palabras las que no llegaban al corazón de los oyentes?

¿O no quería darse cuenta que su discurso de culebrero barato ya no calaba en el corazón del pueblo?

A partir de ese día Jair dejó de ser político para convertirse en un cultivador de la palabra, porque comprendió que no se puede ser político si no se le da el lugar que corresponde.

EL NIÑO, EL HOMBRE Y EL RÍO

El niño estaba triste, iba llorando. Miró un hombre que estaba al otro lado del río. Lo vio primero como una figura abstracta, pero luego cuando vio que sus manos estaban abrazando su cuerpo no le quedó duda. Estaba triste también, estaba llorando. Cruzó el río y le preguntó: ¿Qué puedo hacer por ti señor? El hombre se quedó mirando el río y le dijo: Regalarme un abrazo. El niño también miró el río y luego le dijo: yo también lo necesito.

UN MOMENTO MAGICO DE PAZ

Aquel hombre de mirada triste caminó toda la noche dando vueltas en su casa. En un momento paró en seco y encendió una vela y se arrodillo frente a ella. Cerró los ojos y elevó los ojos al cielo. Dijo palabras que nadie entendió pero que solo él sabía. Esperó unos segundos y luego del cielo vino una luz pequeña que luego se hizo grande en medio de la vela. De esa luz salieron globos que desperdigaron granos que luego se hicieron semillas. De esas semillas salieron voces que le dijeron que ellas eran las semillas de la paz mientras durara la vela encendida. Entonces bajó los brazos y se acostó en posición fetal para seguir soñando, en este momento mágico de paz tan esperado en su vida.

Índice

Los años viejos [5]
Los ojos del búho [6]
Un viaje emocional [7]
El sueño diferente de Agathe [9]
Éxtasis lejos de la Tierra [11]
Un sueño más allá del sol y la luna [12]
Un día diferente [14]
La ventana transversal [16]
Corazón de sueños [17]
El pájaro de ojos tristes [19]
Mariposas amarillas [21]
Barcos de sueños [23]
El no regreso [25]
Un sueño de amor esperado [26]
Solo un sueño [27]
El barco [28]
Nostalgia [29]
Entre líneas [30]
Murmullos [32]
Más allá de un mal sueño [33]
Los rieles del tren [34]
Naufragio [35]
Los caminos de Planadas [36]
Maravilloso cuento [40]
Remembranzas [41]
Sueño recurrente [43]
Sueño de luz [46]
Mariposas de alas grandes [47]
Un sueño esperado [48]

Un momento mágico de paz [50]
Un amor de sueños [51]
¿Con quién dormimos? [53]
Al final del camino [55]
La nieve, el puente, el adiós [58]
Henry Bonilla, el soñador eterno [60]
Un sueño de amor de Mirian [62]
Una historia que contar [65]
La mujer de vino Jerez [80]
La palabra [81]
Ellugar de la palabra [82]
El niño, el hombre y el río [83]
Un momento mágico de paz [84]

www.ingramcontent.com/pod-product-compliance
Lightning Source LLC
LaVergne TN
LVHW091123150826
845673LV00002B/953

* 9 7 9 8 8 4 3 8 8 4 1 5 4 *